SOY UNA HERMANA MAYOR

por Joanna Cole
Ilustrado por Rosalinda Kightley
Traducido por Andrea Montejo

rayo

Una rama de HarperCollinsPublishers

Rayo es una rama de HarperCollins Publishers.

Soy una hermana mayor
Texto © 1997 por Joanna Cole
Ilustraciones © 2010 por Rosalinda Kightley

Library of Congress ha catalogado la edición en inglés.
ISBN 978-0-06-190063-1

15 16 17 SCP 10 9 8 7 6 5 4
❖
La edición original en inglés de este libro fue publicada por HarperCollins Publishers en 1997

Hay alguien nuevo en casa.
¿Sabes quién es?

¡Es nuestro bebé!
¡Ahora soy una hermana mayor!

El bebito es muy pequeño. Demasiado pequeño para caminar. Demasiado pequeño para hablar. Demasiado pequeño para jugar con juguetes. Demasiado pequeño para comer pizza, manzanas o helado.

A los bebés les gusta tomar leche.

Les gusta dormir.

Les gusta estar calentitos y arropados.

A nuestro bebé le gusta mirarme.

"Mírame bebito.
Yo soy tu hermana mayor."

¿Puedo alzar al bebé?
Primero, debo preguntarle
a Mamá.

Yo tengo cuidado con el bebito.
Le canto una canción de cuna.
Yo soy una hermana mayor,
por eso puedo arropar y arrullar a
nuestro bebito.

A veces, el bebé llora.

Papá dice: "Los bebés lloran
para decirnos algo.
Vamos a ver qué es lo que le pasa."

Ah, es hora de cambiarle el pañal
al bebé. Además, es la hora del biberón.
Yo puedo ayudar porque ahora
soy una hermana mayor.

Mamá y Papá me muestran fotos.
Fotos de cuando yo era bebé.

Mamá me quiere. Papá me quiere.
Yo soy muy especial para ellos.

¡Soy la única *yo* que existe en el mundo entero!

Además, soy especial por otra razón:
¡Porque ahora soy una hermana mayor!

Lo que necesita una HERMANA MAYOR

Cuando llega un bebé nuevo a la casa, la hermana mayor
necesita un poco más de todo: un poco más de atención, un
poco más de apoyo y un poco más de amor. Aquí le ofrecemos
algunas sugerencias para ayudar a su hija mayor a adaptarse y a
asumir su nuevo papel.

Asegúrese de dedicarle una parte del día a su hija mayor. No olvide prestarle atención cuando el bebé esté presente para que siempre sienta que es un miembro importante de la familia. Aun cuando usted sienta que le está prestando más atención que nunca, recuerde que es natural que ella sea muy exigente durante esta etapa. Asegúrele que el amor que usted siente por ella no ha cambiado desde la llegada del bebé.

Explíquele que es normal que una hermana mayor se sienta orgullosa y amorosa a la misma vez que se sienta celosa y furiosa. Ayúdela a expresar lo que siente, pero aclárele que no está bien que exprese sus rencores físicamente. No olvide elogiarla cuando se porte bien diciéndole cosas como: "¡Cómo eres de cariñosa!" y "Gracias por traerme ese pañal, ¡me estás ayudando muchísimo!"

Explíquele que un bebé recién nacido tiene necesidades y limitaciones diferentes a las suyas. Así, su hija mayor no se sentirá demasiado decepcionada cuando descubra que el bebé aún no puede jugar con ella. A la vez, muéstrele cómo puede interactuar con el bebé para que comiencen a forjar una relación.

Es importante que usted comprenda que no puede hacer todo perfectamente todo el tiempo. Recuerde que también tiene que cuidarse a sí misma. Verá que observar el vínculo amoroso que se irá formando entre sus hijos le ayudará a sobrellevar más fácilmente aquellos momentos frustrantes.

Recuerde: ¡Una familia cariñosa comparte mucho amor!